Le CARDINAL LUÇON
ARCHEVÊQUE DE REIMS

ORAISON FUNÈBRE

DE

LE CARDINAL RICHARD

ARCHEVÊQUE DE PARIS

PRONONCÉE A N.-D. DE PARIS

LE 31 MARS 1908

ORAISON FUNÈBRE

DE SON ÉMINENCE

LE CARDINAL RICHARD

LE CARDINAL RICHARD

[1819-1908]

S. É. LE CARDINAL LUÇON

ARCHEVÊQUE DE REIMS

ORAISON FUNÈBRE

DE SON ÉMINENCE

LE CARDINAL RICHARD

ARCHEVÊQUE DE PARIS

31 Mars 1908

PARIS

P. LETHIELLEUX, LIBRAIRE-ÉDITEUR

10, RUE CASSETTE, 10

1908

Monseigneur l'Archevêque,

Messeigneurs,

Mes Frères,

Un homme a disparu, et toute l'Église de France est en deuil. Quel émoi, quand on annonça que le saint Cardinal de Paris était en danger! Quelle tristesse, quand on apprit qu'il n'était plus de ce monde! En ce siècle d'indifférence railleuse et de fiévreuse agitation, notre grande capitale a montré quel respect lui inspire encore le caractère sacré joint à la sainteté personnelle. Vit-on jamais hommage comparable au défilé, se prolongeant pendant trois jours devant la dépouille vénérée, de cette foule en laquelle se confondent toutes les classes de la société, depuis les personnalités les plus hautes jusqu'à cet humble ouvrier qui, élevant son enfant dans ses bras, lui montre le vénérable défunt reposant sur son lit de mort en disant : « Mon enfant, regarde et souviens-toi! » Quelle pompe triomphale que ce cortège traversant la cité au milieu des rangs pressés d'une innombrable multitude qui, silencieuse, recueillie, se découvre, se signe, s'incline respectueusement, s'agenouille sur le passage du cercueil ! Quel magnifique éloge funèbre que ce concert des feuilles publiques de la capitale et de la province, se faisant à l'envi les interprètes de la douleur et de la vénération de tout un peuple ! Quel imposant spectacle que la présence de cinquante évêques accourus pour les funérailles de tous les points du pays, et comme elle témoigne éloquemment de la place que tenait dans l'Église de France le prélat dont ils sont venus honorer la mémoire !

Mais comment celui qui fut l'objet d'hommages si unanimes les a-t-il mérités ? Sa vie fut-elle marquée par quelques-unes de ces actions d'éclat qui frappent l'imagination et font retentir un nom jusqu'aux extrémités de la terre ? Fut-elle illustrée par ce rayonnement du génie qui attire sur un homme les regards du monde entier ? Fut-elle consacrée par une de ces morts héroïques qui immortalisent une vie en la couronnant ?

Non : ce qui caractérise l'homme à qui furent rendus tant d'honneurs, ce n'est ni le prestige du génie, ni l'éclat des grandes actions, ni rien de ce qui a coutume d'attirer l'attention du monde. Il n'eut ni les initiatives hardies d'un Lavigerie, ni l'éloquence d'un Dupanloup, ni l'esprit politique d'un Freppel. Il fut un saint, et là est tout le secret de la popularité qui s'attache à son nom et de la vénération qui auréole sa mémoire. Ce qui fait le mérite de sa vie, c'est son invariable unité, c'est une héroïque fidélité à la règle et au devoir, c'est une inlassable constance dans le don de soi-même, c'est l'esprit surnaturel qui en inspire tous les actes, c'est, en un mot, une sainteté parfaite dès le début, parfaite jusqu'à la fin, sans une ombre sans une défaillance.

Pour faire accepter à notre saint prélat le siège illustre de Paris, on lui présenta sa promotion comme une candidature au martyre. Il n'était pas destiné à tomber sur les barricades comme Mgr Affre; il ne devait pas être mis à mort dans un chemin de ronde, comme Mgr Darboy. Son martyre, à lui, ce devait être le martyre lent et à petit feu, qui consiste à dépenser son temps, ses forces, sa vie jour par jour, heure par heure, dans le labeur sans relâche d'une existence qui ne s'appartient plus; son martyre, ce fut surtout celui de l'Église de France, qu'il a vue humiliée, calomniée, reniée, dépouillée, et dont toutes les humiliations et toutes les souffrances eurent dans son cœur une douloureuse répercussion.

Il a vécu à l'une des heures les plus critiques de l'Église ; et dans sa sainteté, qui faisait de lui un modèle, il puisa des lumières et une énergie qui firent de lui un guide sûr et un chef respectueusement écouté; et voilà pourquoi sa mort laisse parmi nous un si grand vide.

Monseigneur l'Archevêque,

S'il est pour le diocèse de Paris une consolation à la douleur que lui a causée la perte de son saint Cardinal, c'est la pensée qu'il laisse, pour lui succéder, l'élu même de son cœur. Déjà vos diocésains vous connaissent et vous aiment. Vous avez conquis leur estime par cette prompte intelligence des choses, par cette habileté à diriger les œuvres et à présider les assemblées que nous admirons tous en vous; vous avez gagné leur affection par votre piété, par votre aménité, par cette parole merveilleuse d'à-propos, éloquente et pleine de cœur, dont sont charmés tous ceux qui vous entendent. Initié par le saint Cardinal au gouvernement de votre vaste Diocèse, vous le conduirez d'une main sûre dans le sillage tracé par vos illustres prédécesseurs; et celui qui vous a fait imposer, pour le partager avec lui, un fardeau dont il connaissait si bien tout le poids, ne saurait manquer de vous aider du haut du ciel à le porter, comme vous l'y avez aidé lui-même lorsqu'il était sur la terre.

Vous m'avez appelé à prononcer l'oraison funèbre de celui que vous vous plaisiez à nommer votre père : convaincu qu'il ne peut être mieux loué que par ses œuvres, je me propose de retracer simplement sa vie, et je considérerai successivement en lui le saint Prêtre, modèle de vertu et de zèle sacerdotal : l'Évêque exemplaire, qui ne vécut que pour son peuple, et le saint Cardinal, défenseur intrépide de la cause de l'Église. Tels sont, mes Frères, les trois aspects sous lesquels je voudrais faire réapparaître devant vous la noble et sainte figure de Son Éminence Révérendissime Mgr François-Marie Benjamin Richard, Cardinal-Prêtre de la sainte Église romaine du titre de Sainte Marie *in via*, Archevêque de Paris.

I

L'Apôtre nous enseigne, mes Frères, que le juste vit de la Foi : non seulement il en admet les enseignements, mais il en fait la règle de sa conduite ; c'est à sa lumière qu'il juge toutes choses ; elle est l'âme de son âme, dont elle inspire toutes les pensées, tous les discours, tous les actes, comme l'âme elle-même est le principe de la vie et de tous les mouvements du corps.

Cette foi qui devait être la loi de sa vie, le saint Prélat dont j'entreprends de vous redire les vertus, la puisa pour ainsi dire dans le sang de ses ancêtres, et la respira avec l'atmosphère de ce pays de Bretagne et de Vendée, où s'écoulèrent les années de sa jeunesse. Issu d'une vieille famille vendéenne, chez qui la piété et la charité étaient héréditaires, c'est au foyer plein d'honneur de parents vraiment chrétiens qu'il reçut la première empreinte de cette religion profonde et de cette fermeté dans le devoir qui caractérisent sa physionomie.

D'une intelligence ouverte, mais d'une santé délicate, il fit ses études classiques à la maison paternelle, sous la direction de professeurs particuliers. Quand l'âge fut venu de choisir sa voie, dédaignant les carrières que ses talents, sa fortune, la situation de sa famille pouvaient lui ouvrir, il se tourna généreusement vers l'Église et entra au séminaire de Saint-Sulpice, où il fut l'édification de ses maîtres et de ses condisciples par sa piété, son amour de l'étude, sa régularité exemplaire. Jusqu'à sa dernière heure, il témoignera un amour reconnaissant pour cette illustre école de savoir et de vertu, qui a donné à l'Église de France tant de saints prêtres, tant de grands Évêques, et où lui fut révélé l'idéal qu'il travailla à reproduire dans toute sa vie.

Le 21 décembre 1844, il recevait des mains de Mgr Affre l'ordination sacerdotale ; puis, après un court séjour dans sa ville natale, il allait passer quelques années à Rome. C'est là que, en assistant régulièrement aux assemblées de diverses Congrégations, il acquit cette perfection de science théologique, canonique et liturgique, qu'on admira plus tard dans le vicaire général et dans l'évêque.

Deux forces, en effet, sont nécessaires au prêtre : la science et la sainteté. Sans la science, la piété manque de prestige ; sans la piété, la science demeure une force purement humaine, impuissante à produire des fruits de salut. Mais unies ensemble, la science fait de la piété une force, et la piété de la science une vertu. Ces deux forces, notre jeune prêtre les possède ; il est, selon le vœu de saint Paul : *ad omne opus bonum instructus.* Suivons-le dans la carrière où il va maintenant déployer au service de Dieu les dons de grâce et de nature qu'il en a reçus.

Lorsqu'il revint à Nantes, le siège épiscopal de cette ville était occupé par l'ancien vicaire général de Paris, qui avait accompagné Mgr Affre sur les barricades, et à qui l'Évêque-martyr avait légué son anneau et sa croix pastorale ensanglantés. L'Évêque de Nantes, qui a bien vite discerné son jeune diocésain, s'empresse de le prendre pour vicaire général. Esprit distingué, homme de foi ardente, de jugement sûr et d'austère piété, Mgr Jaquemet avait établi dans sa demeure la règle de Saint-Sulpice : on faisait en commun chaque jour l'examen particulier, la lecture spirituelle et la prière du soir, et chaque mois un jour de retraite. C'était bien là le milieu qui convenait à l'abbé Richard. Par la conformité de leurs goûts et de leurs vues, par l'unanimité de leurs sentiments, l'Évêque et le vicaire général ne font bientôt plus qu'un cœur et qu'une âme.

Doué d'aptitudes administratives peu communes, possédant une rare puissance de travail, l'abbé Richard devient le bras droit de son Évêque, et, tout en s'effaçant derrière lui, se dépense au service du diocèse avec un dévouement qui ne connaît point de bornes.

C'est lui qui est chargé de la direction générale des maisons d'éducation : il les visite fréquemment, voit un à un tous les professeurs, surveille les programmes, préside les examens, s'intéresse à chacun des élèves qu'il connaît par leur nom, et ces établissements lui doivent pour une bonne part la réputation méritée dont ils jouissent encore.

C'est lui qui préside la Commission instituée pour préparer le retour de l'Église de Nantes à la liturgie romaine. Pendant quatre ans, il fouille les bibliothéques, interroge les archives, scrute les origines religieuses du diocèse. Son rapport mérite d'être cité par la Congrégation des Rites comme un modèle de clarté et un monument d'érudition. L'auteur a l'honneur de voir adopter par le Saint-Siège toutes les propositions de son Évêque.

C'est lui qui poursuit et obtient de Rome la confirmation du culte de la Bienheureuse Françoise d'Amboise, duchesse de Bretagne, morte religieuse au Carmel de Nantes, et c'est à l'occasion des fêtes célébrées en l'honneur de la sainte duchesse qu'il compose la belle poésie à laquelle est emprunté le refrain si connu : *Catholique et Breton toujours.*

Bientôt les forces de Mgr Jaquemet déclinant avec l'âge, c'est sur M. Richard que pèse presque tout le fardeau de l'administration diocésaine : correspondances, réceptions, réunions d'œuvres et d'affaires, rédaction de l'ordo diocésain, visites pastorales, visites *ad Limina*, soin des communautés religieuses, tout retombe sur lui; il suffit à tout.

Au milieu même d'occupations si absorbantes, il trouve encore le temps de composer des ouvrages qui resteront comme les monuments de son érudition et de son talent littéraire aussi bien que de sa piété. C'est alors, en effet, qu'il écrit la « Vie de la Bienheureuse Françoise d'Amboise », œuvre aussi remarquable par l'élévation des idées que par l'onction et la simplicité du style. Peu d'années après, il publiait les « Saints de l'Église de Nantes », docte et pieux petit volume dans lequel il a mis tout son cœur et toute sa foi de Breton.

Sans le chercher, sans le vouloir, il est, par l'autorité dont il jouit et par la confiance qu'il inspire, l'homme du diocèse.

Arrêtons-nous quelques instants, mes Frères, à considérer la figure de l'abbé Richard, et demandons-nous d'où lui vient cet ascendant qu'il exerce sur tout le diocèse de Nantes, et qu'il exercera plus tard à Belley, à Paris et sur toute l'Église de France. La réponse est aisée : son ascendant lui vient de sa sainteté. A Nantes déjà, sa vie est celle d'un ascète : sa piété fait l'édification de tout le monde ; les pauvres publient son inépuisable charité ; on raconte que, dans son intérieur, il observe avec une invariable fidélité le règlement du séminaire.

Permettez-moi de faire passer dès maintenant sous vos yeux l'édifiant tableau de sa vie intime pendant son long épiscopat. L'anticipation ne sera qu'apparente ; car ce que je vais décrire ici, c'est le saint prêtre, le saint prêtre qui persévérera jusqu'à la fin dans l'Évêque et dans le cardinal, tel à Paris qu'à Belley, et tel à Belley qu'à Nantes. Vous aurez dans ce tableau, sauf les détails inhérents à la diversité des situations, le cadre ordinaire de chacune de ses journées.

Levé avant cinq heures, il se rend aussitôt à la chapelle, où réside le Saint-Sacrement. Là il commence par faire sa lecture d'Écriture Sainte. Après avoir écouté le Seigneur lui parlant dans les pages sacrées, il se recueille devant Lui dans la méditation durant une heure. C'est ainsi qu'il reprend contact avec Dieu dès le matin, et rétablit entre Dieu et son âme ce courant d'énergies surnaturelles qui produit la lumière, le mouvement et la vie. C'est là que sa bouche médite la sagesse pour que ensuite sa langue ne fasse jamais entendre que des paroles pleines de sens et de jugement.

La messe suit immédiatement avec l'action de grâces. Quand il ne peut la dire lui-même, il la fait célébrer en sa présence, la lit dans un missel et y fait la sainte Communion.

Après un rapide déjeuner, il redescend à l'oratoire et y récite les petites Heures. Ensuite commence la journée de travail.

Si un quart d'heure avant le repas du milieu du jour, vous aviez entr'ouvert la porte de son cabinet, vous l'auriez vu faisant à genoux, avec le manuel de M. Tronson, son examen particulier, que précède la lecture du Nouveau Testament, et que suit celle du Martyrologe.

Aussitôt après le déjeuner, où il dit toujours

et de mémoire les grandes prières d'avant et d'après les repas, avec leurs variantes suivant les fêtes, il se rend à la chapelle, y fait quelques instants d'adoration devant le Saint-Sacrement, puis reprend son travail, sans aucune récréation.

A cinq heures, il quitte les hommes pour retourner à Dieu, et descend à la chapelle. C'est là, aux pieds du divin Maître, qu'il se repose des fatigues et se console des peines de la journée, dans la visite au Saint-Sacrement, la récitation de l'Office divin, et la lecture spirituelle, jusqu'à sept heures.

Après le repas du soir, où on lit au commencement quelques versets du Nouveau Testament et à la fin quelques lignes de l'Imitation de Jésus-Christ, il dit le chapelet avec les ecclésiastiques de son entourage et prend en leur compagnie un moment de récréation en lisant les journaux.

A huit heures et demie tout le personnel de la maison se rend à l'oratoire ; il récite lui-même la prière du soir, et fait faire par un de ses secrétaires une courte lecture pieuse, qu'il remplace, la veille des fêtes, par quelques mots d'édification à sa famille épiscopale.

A partir de neuf heures, c'est pour lui le grand silence : il ne parle plus à personne qu'à Dieu, avec qui il s'entretient encore jusqu'à dix heures.

Chaque semaine, il fait, le vendredi, l'exercice du Chemin de la Croix, et va s'agenouiller aux pieds de son confesseur, au Séminaire, où il est un sujet d'admiration pour les élèves, que ravit la simplicité d'un prince de l'Église, aussi humble que le dernier d'entre eux.

Chaque année enfin, durant la semaine de Pâques, il s'enferme dans ses appartements, et fait une retraite de huit jours selon la méthode de saint Ignace. Le premier dimanche de chaque mois, il en rafraichit les grâces dans une récollection, et renouvelle la résolution de vivre chaque jour comme s'il devait mourir le soir, et de travailler toujours comme s'il ne devait jamais mourir.

Tel fut, mes Frères, son règlement de vie ; et il l'observait avec l'exactitude d'un séminariste ; et cela en voyage, en chemin de fer, en voiture, dans sa famille, comme chez lui ; et cela pendant toute sa vie sacerdotale, c'est-à-dire pendant soixante-trois ans ; et cela jusqu'à la veille de sa mort inclusivement.

Minuties, direz-vous peut-être ? et moi, je vous réponds : héroïsme. Oui, pour être ainsi fidèle à la règle qu'on s'est tracée soi-même tous les jours, par la seule énergie de sa volonté, jusque dans les moindres détails, il faut de l'héroïsme. *Minimum quidem minimum est, sed in minimis semper esse fidelem, maximum.*

Quels que soient les événements et les soucis de ses journées, Dieu n'y perd jamais sa part. Sa vie est une prière ininterrompue. On raconte qu'au conclave, il récitait son chapelet pendant les votes, et passait tous les temps libres au pied du Saint-Sacrement.

Sa mortification, pour être peu apparente, n'en est pas moins austère : il n'accorde à son corps aucun ménagement ; il se lève à la même heure en toute saison ; il dit son bréviaire presque toujours à genoux ; malgré ses infirmités il observa les jeûnes de l'Église jusqu'à l'âge de quatre-vingt-cinq ans.

Que dirai-je de sa charité ? Elle est sans bornes. Il accueillait les petits comme les grands. A Nantes, il ne gardait rien pour lui-même. Voulait-on obtenir l'argent nécessaire à son entretien, il fallait user de stratagème : on lui demandait pour un pauvre honteux, qu'on ne pouvait lui nommer ; et ce qu'il avait refusé pour ses propres besoins, il le donnait pour le pauvre honteux qui, sans qu'il s'en doutât, n'était autre que lui-même. Son testament nous révèle que, dès le début de son sacerdoce, il avait fait, d'après le conseil d'hommes animés de l'esprit de Dieu, deux parts de sa fortune ; et qu'ayant aliéné de bonne heure la part affectée aux bonnes œuvres, il ne lui restait plus rien dont il pût disposer à la mort.

Voilà, mes Frères, le saint Prêtre que fut Mgr Richard. Grande leçon pour le clergé contemporain ! On entend répéter que le clergé français a besoin de transformation, qu'il doit être de son temps, qu'il lui faut changer son allure, remplacer ses vieilles méthodes par des procédés nouveaux. Il y a du vrai dans ces dires. Oui, sans doute, le prêtre doit être de son temps, pour en connaître les erreurs et les réfuter, les besoins, et y pourvoir, les souffrances, et y remédier, les injustices, et en préparer la réparation. Oui, il doit adapter toujours aux besoins du temps où il vit les moyens d'action de son apostolat. Allons donc aux âmes, allons au peuple, allons aux œuvres que réclament les temps actuels ; soyons de notre temps, mais n'oublions pas qu'il y a une chose qui est, et doit rester de tous les temps : la sainteté de vie.

Le clergé cherche aujourd'hui à reconquérir son ancienne influence par la science et par l'action sociale : c'est bien, c'est nécessaire. Mais qu'il le sache bien, la condition indispensable du succès de ses efforts : c'est la sainteté. Seule, la sainteté peut concilier au prêtre la confiance des peuples ; si elle lui manque, si seulement on le soupçonne de n'être pas ce qu'il doit être, ni la science, ni les procédés modernes, ni les œuvres elles-mêmes n'empêcheront la confiance de s'éloigner de lui. Au contraire, il devra toujours le meilleur de son prestige à la sainteté ; et, au jour des funérailles du Cardinal, le peuple de Paris a bien témoigné que c'était là son sentiment : ce qu'il demande avant tout à ses prêtres, c'est d'être de vrais prêtres, c'est d'être des saints.

II

L'Évêque de Nantes avait demandé l'abbé Richard pour coadjuteur : le vénérable prélat mourut sans avoir pu obtenir la réalisation d'un vœu auquel il tenait, plus encore pour le bien de son diocèse que pour lui-même. C'est alors qu'il plut à la divine Providence de soumettre son serviteur à l'épreuve la plus difficile de toutes à supporter, celle de l'humiliation. Le successeur de Mgr Jaquemet, tout en proclamant « qu'il ne connaissait point de prêtre plus pieux et plus savant que l'abbé Richard », ne crut pas devoir l'associer à son administration. L'ancien vicaire général resta privé de tout emploi : après avoir été tout dans le diocèse, il n'y fut plus rien. Il supporta en saint cette retraite forcée, partageant son temps entre l'office du chœur et l'étude.

Mais il n'était pas dans les desseins de Dieu que la lumière restât sous le boisseau. Grâce au crédit de Mgr Guibert près des pouvoirs publics, l'ancien vicaire général de Nantes fut promu à l'Évêché de Belley. L'Archevêque de Paris fut lui-même son consécrateur. « Notre cérémonie d'hier, écrivait le lendemain du sacre un des prélats assistants, s'est faite avec solennité, mais surtout avec une touchante piété. L'extérieur, le ton de la voix, les mouvements de l'élu et du consécrateur ont fait dire à bien du monde : c'est un saint qui consacre un saint. »

Belley eut donc les prémices de son zèle épiscopal. Mais, voyez encore ici ce que c'est qu'un saint. Il n'a fait qu'y passer, et il y a laissé un souvenir impérissable. Devenu un jour son successeur sur le siège de saint Anthelme, il m'a été donné mille fois de constater que vingt ans, trente ans après son départ, il suffisait de prononcer le nom de Mgr Richard pour faire naître aussitôt sur les visages l'expression d'une religieuse vénération. Il y tint un synode ; il institua à Bourg un comité chargé des Œuvres catholiques ; après avoir célébré avec magnificence des fêtes en l'honneur du saint Prêtre d'Ars déclaré Vénérable, il commença les Procédures Apostoliques pour la béatification de cet illustre Serviteur de Dieu ; et ainsi, celui qu'on a appelé le Curé d'Ars de l'épiscopat, travailla à la glorification de l'humble prêtre qui fut le modèle des curés, comme il était destiné luimême à devenir le modèle des Évêques. Chère Église de Belley, combien il lui en coûta de te quitter ! ses larmes et la fidélité de son souvenir te l'ont dit, avec la plus expressive des éloquences !

Le Cardinal Guibert, en effet, se sentant vieillir et voulant s'assurer sur le siège de la capitale un successeur tel que le réclamait la gravité des temps, se l'était fait donner pour coadjuteur. Est-il besoin de vous dire, mes Frères, ce que Mgr Richard fut à ce titre auprès de votre grand Cardinal, qui, se réservant la suprême direction, et la sollicitude des intérêts généraux de l'Église de France, se servait de lui pour l'exécution de ses grandes œuvres, et lui laissait le détail de l'administration diocésaine ? Vous avez tous été témoins de la modestie de l'humble Coadjuteur devant le Cardinal, de son affection filiale pour lui, et du culte qu'il lui a conservé après sa mort.

Deux œuvres surtout bénéficièrent alors de son intelligence et de son dévouement. Les catholiques venaient de conquérir la liberté de l'enseignement supérieur, et le Cardinal avait décidé la création de l'Institut Catholique. C'est Mgr Richard qui, avec Mgr d'Hulst, d'illustre et regrettée mémoire, donne à ce grand corps sa première organisation ; c'est lui qui prépare l'établissement du séminaire universitaire ; c'est lui qui, après de laborieuses négociations, obtient de Rome l'érection de l'école de théologie en Faculté canonique. Devenu Archevêque de Paris, il préside tous les ans la séance solennelle de rentrée, il soutient sans fléchir, dans tous les conseils, la nécessité de conserver à l'Institut son intégrité, il ranime le courage des chefs aux heures difficiles : en un mot, il se montre constamment le protecteur le plus éclairé, le plus persévérant, le plus efficace d'une Institution aussi nécessaire à l'honneur qu'à la défense de la Foi Catholique et qui rend de si importants services à l'Église de France.

En même temps s'élevait sur la colline de Montmartre un monument que l'on peut regarder comme la réponse de la France dévote et repentante au Dieu qui l'a choisie pour révéler au monde son Sacré-Cœur. Arrivé à Paris peu de jours après la pose de la première pierre de l'église du Vœu national, Mgr Richard a vu achever ce magnifique sanctuaire; il y a inauguré le culte; il a béni la Croix qui, du haut de son dôme, rayonne sur la capitale et sur toute la France. Pendant trente-trois ans, il en a suivi les travaux avec une sollicitude de tous les instants: présidant tous les conseils, examinant tous les plans, s'ingéniant à trouver des ressources. Rien ne s'est fait en dehors de lui; tout, jusqu'au moindre détail, a été délibéré en sa présence.

Et l'heure vint où, Dieu ayant rappelé à lui l'illustre Cardinal Guibert, le fardeau du diocèse de Paris passa tout entier sur les épaules de Mgr Richard. Tâche énorme! Responsabilité redoutable! Votre saint Archevêque, mes Frères, fut à Paris ce qu'il avait été à Belley, ce qu'il avait été à Nantes. Ayant le goût de l'administration, doué d'une mémoire qui n'oublie rien, il veut tout connaître par lui-même; il faut que tout lui passe par les mains. Il étudie toutes les affaires. se réserve toutes les décisions, et répond lui-même à toutes les questions de quelque importance. Souvent, il a à présider, pour la défense des intérêts religieux, des réunions de jurisconsultes : il prend part aux discussions comme l'un d'eux, et les étonne par la sûreté de ses connaissances juridiques autant que par la sagesse de ses avis.

Ne croyez pas cependant, mes Frères, qu'il se laisse absorber par le détail de l'administration des affaires au point de négliger son ministère spirituel : nul n'a montré plus de zèle pour le salut des âmes, pour la sanctification du clergé, pour le maintien de la pure doctrine.

A l'exemple du Bon Pasteur, il veut connaître ses brebis et être connu d'elles. A Paris comme à Belley, il tient à faire personnellement la visite pastorale des paroisses de son diocèse; et ceux qui l'ont vu dans l'exercice de ce ministère se rappelleront longtemps cet air de bonté, ce rayonnement de sainteté qui inspirait, dès le premier aspect, la confiance que l'on a pour un père et la vénération que l'on ressent pour un saint. Avec quelle touchante simplicité, appuyé comme un patriarche sur son bâton pastoral, il parle à son peuple! Son langage est sans prétention; il ne recherche point les grands mouvements de l'éloquence; il n'a pas recours aux artifices de la rhétorique, ni à la véhémence de l'action oratoire : ce sont les causeries familières d'un père à ses enfants. Et pourtant quelle impression elles produisent, quel souvenir elles laissent ! C'est qu'on y reconnaît toujours le son d'une âme profondément convaincue, l'accent du cœur le plus sincère, avec l'autorité que donne la sainteté.

Il en est de même de ses écrits. Un évêque ne peut que rarement parler en personne à ses diocésains. Mgr Richard aime à s'en dédommager par des lettres pastorales. Tous les événements de la vie du diocèse, de la France, de l'Église, sont pour lui une occasion de parler à son peuple. Un grand nombre de ces écrits sont remarquables par l'élévation des pensées et par la noblesse du style; d'autres sont, comme ses allocutions, plutôt des entretiens familiers que des études approfondies ou des traités méthodiques et complets. Il laisse aller sa plume et écrit ce qui lui vient à l'esprit en vertu de l'association des idées, sans s'assujettir à suivre strictement un plan déterminé. On ne les lit cependant jamais sans profit, parce que toujours on y retrouve le langage d'un saint.

N'est-ce pas aussi son zèle pour les âmes qui lui inspira la fondation des Missionnaires diocésains, l'institution de l'Œuvre des catéchistes volontaires, la création de chapelles de secours et d'églises paroissiales, sa générosité enfin pour toutes les œuvres catholiques ?

Mais il se rend bien compte que le salut des âmes dépend en grande partie de la sainteté du prêtre. Dans les temps de foi vive, le caractère sacré suffisait à concilier au ministre de la religion le respect et l'obéissance; aujourd'hui, il n'attire la confiance que s'il est accompagné du savoir et de la vertu qu'il comporte. Aussi, avec quel zèle votre saint Archevêque surveille la formation de ses jeunes clercs! avec quelle sollicitude il va chaque année porter ses encouragements et ses conseils à ceux qui vont passer par l'épreuve du service militaire! de quelle paternelle affection il entoure ses prêtres: il veut les connaître tous personnellement; il s'intéresse à chacun d'eux, il aime à les voir. « Surtout, disait-il aux personnes de sa maison, n'empêchez jamais mes prêtres de venir jusqu'à moi. » Il se prête à leurs confidences avec la tendresse compatissante d'un père; il écoute l'exposé de leurs difficultés et ne les renvoie jamais sans une solution, quelquefois même il prend la peine de l'écrire de sa propre main. Chaque année, il préside les retraites ecclésiastiques et la rénovation des promesses cléricales. Depuis cinquante ans, le diocèse de Paris n'avait point eu de synode, et le clergé ne possédait pas de statuts appropriés aux conditions nouvelles dans lesquelles s'exerce aujourd'hui le saint ministère. Le vénérable Archevêque ne se donnera point de repos qu'il n'ait comblé cette lacune. Il y travaille pendant plusieurs années. Son œuvre achevée, il célèbre le synode diocésain avec toute la solennité prescrite par le Pontifical. Et si aujourd'hui le clergé de Paris a un code complet de discipline ecclésiastique et de législation pastorale adapté aux besoins actuels et lui permettant de mettre de l'uniformité dans le gouvernement des paroisses et dans la direction des œuvres, c'est à Mgr Richard qu'il en est redevable.

Administrateur, pasteur, législateur, l'Évêque est aussi docteur et gardien de la foi dans son diocèse. La concession de la liberté de l'enseignement supérieur avait fait éclore parmi les nôtres un mouvement intellectuel d'une merveilleuse activité, dont le but, poursuivi déjà par tant d'esprits généreux durant tout le dix-neuvième siècle, était de préparer la réconciliation de la raison avec la foi, et de procurer à la Religion des apologistes à la hauteur des besoins de notre temps : but assurément digne de tout éloge. L'Archevêque de Paris applaudit à ces nobles efforts. Il n'ignore pas que, pour être immuables, nos dogmes ne sont pas immobiles, qu'il nous est permis de travailler à en pénétrer toujours plus profondément le sens, que la science et la foi sont faites pour se rencontrer sur les cimes les plus élevées et pour monter ensemble jusqu'à Dieu.

Malheureusement quelques esprits téméraires, victimes de méthodes dangereuses dont ils ne surent pas se servir sans se blesser, ou séduits par la vogue d'une philosophie dont les théories étranges, en contestant la valeur de la raison naturelle, ébranlent les fondements de toute science humaine aussi bien que de nos croyances

religieuses, infectés, sans le savoir, du venin des
doctrines néo-protestantes et kantiennes, ne tar-
dèrent point à faire de grands pas hors de la voie.
On les avertit : ils répondent avec hauteur. On les
censure : ils se réclament de leur autonomie.
Campés au sein de l'Église, ils essaient même
de tenir tête à la plus haute autorité doctrinale qui soit au monde, et contestent les titres au
nom desquels elle intervient. Situation délicate
de l'Église ! Si elle réprime l'erreur, on l'accuse
d'entraver la liberté de la pensée. Si elle se tait,
elle laisse l'erreur se propager, au détriment de
la foi, des âmes et de la vraie science elle-même.

Intransigeant sur le terrain de la foi, le vénérable Archevêque suit d'un œil inquiet la marche
en avant de ces tendances et de ces idées, et de les
voir pénétrer jusque dans les rangs du clergé il
s'alarme profondément. Aussi avec quelle satis-
faction il accueille le Décret du Saint-Office et
l'Encyclique pontificale condamnant le moder-
nisme avec une autorité qu'aucun catholique ne
peut récuser ! Mais lui-même n'avait point attendu
l'intervention du juge suprême de la doctrine. En
se taisant, quand la foi était en péril, il aurait cru
trahir son devoir d'Évêque. Après avoir donc
épuisé toutes les voies de la persuasion, et avec
tous les ménagements auxquels les personnes et
les intentions pouvaient avoir droit, il avait con-
damné les ouvrages entachés des erreurs nouvelles. Ce fut une des tristesses de ses dernières

années ; mais il eut aussi la consolation de voir les membres de son clergé, sauf de très rares exceptions, s'incliner devant l'autorité de la Chaire apostolique ; et ce sera l'honneur du Clergé français, que ni les essais de séduction doctrinale, ni les tentatives de séparation schismatique n'aient pu le détacher du centre de l'unité.

Vous ne me pardonneriez pas, mes Frères, de ne rien dire de la piété de votre saint Pontife. Homme d'Église avant tout, Mgr Richard aimait les fonctions sacrées : il y allait comme à une fête. Avec quelle dignité il les exerçait! Qu'il faisait bon le voir quand il officiait au trône épiscopal, quand il célébrait à l'autel, quand il priait à sa stalle ou au milieu du sanctuaire! Il était alors si absorbé en Dieu qu'il paraissait n'être plus de ce monde. Sa foi vive se peignait dans ses traits, sa ferveur illuminait son visage, le bonheur qu'il goûtait au dedans de son âme rayonnait dans son regard et dans son sourire. Les fidèles prenaient plaisir à le contempler alors ; sa seule vue était une prédication. Il n'était pas besoin de le connaître d'avance pour l'apprécier ; on se disait : voilà un saint.

Paré de ses ornements pontificaux, le front couronné de la mitre, la main osseuse appuyée sur la houlette pastorale, les épaules courbées sous le poids des ans, il ressemblait à ces saints Évêques qu'on dirait descendus du ciel sur un rayon de lumière dans les antiques vitraux de

nos cathédrales pour prendre part à nos fêtes
« Je l'ai vu, raconte un témoin oculaire, traversant la place de Saint-Sulpice après une cérémonie d'ordination : les gens du peuple accouraient pour le regarder ; plusieurs se mettaient à genoux, afin de recevoir sa bénédiction. Aussi humble sous la pourpre que le plus humble des prêtres, l'attitude recueillie, les mains croisées sur sa poitrine, le front penché, l'air méditatif, visiblement il marchait en la présence de Dieu ; c'était vraiment un ange sur terre, l'Ange de l'Église de Paris. »

Au début de son sacerdoce on l'appelait la perle du clergé : *gemma sacerdotum* ; à la fin de sa vie, le Chef de l'Église l'a proclamé un évêque exemplaire, le modèle du pasteur des âmes.

Quelques-uns ont exprimé parfois le regret qu'il n'ait pas été plus homme du monde, plus politique.

Homme du monde, il savait l'être quand son rôle d'Évêque le demandait, et tous ont rendu hommage à la dignité et à la distinction de son attitude lorsqu'il reçut à Notre-Dame les Souverains de Russie et d'Espagne. En dehors de ces circonstances, il ne voulut jamais être que l'homme de Dieu.

Diplomate et politique, il ne le fut point et ne crut point devoir l'être. Sans se désintéresser des questions politiques et sociales, il se tint toujours en dehors et au-dessus des partis et de leurs querelles. N'est-il pas vrai, d'ailleurs, que surtout aux heures de division, de scandale, et de persécution, l'attitude la plus digne, la plus sûre, la plus habile pour un évêque, c'est d'être évêque et d'être seulement évêque? Mgr Richard fut évêque, et rien que cela; ce fut là sa force. Sur le terrain politique ou social, il aurait pu être discuté ; sur le terrain religieux, il ne donnait aucune prise à l'ennemi ; on ne put jamais lui reprocher avec raison d'être sorti de son rôle, ou d'avoir manqué à la dignité de son caractère épiscopal.

L'Église de Paris peut se glorifier d'avoir possédé au milieu de la tempête religieuse qui secoue la France depuis quarante ans, des évêques tels que Mgr Guibert et Mgr Richard ; et l'Église de France doit être reconnaissante au Saint-Siège de lui avoir donné de tels modèles.

III

Le rôle de votre saint Archevêque, mes Frères, va grandir, et déborder par delà les limites de son diocèse. Le 24 mai 1889, il est créé par Léon XIII Cardinal-prêtre du titre de Sainte-Marie *in via* ; et dès lors il est associé à la sollicitude de l'Église universelle, et se trouve de fait, à raison de sa dignité et du siège qu'il occupe, à la tête de l'Église de France.

Haute et redoutable situation, mes Frères. dont il exercera les devoirs sans bruit, sans ostentation, avec une dignité, une prudence, une fermeté qui en imposeront aux adversaires eux-mêmes.

S'il ne se mêla jamais aux luttes politiques, les luttes religieuses le trouvèrent toujours sur la brèche. Aucune injustice publique ne se commet contre l'Église qu'il n'élève la voix pour protester ; et pour n'être pas véhémentes, ses protestations n'en ont que plus de force, parce qu'on y reconnaît uniquement le cri de la conscience. Ni violences, ni exagérations : une parole sereine comme la vérité et la justice, mais intransigeante comme elles ; on sent que celui qui la fait entendre ne reculera pas.

C'était bien l'homme qu'il fallait pour personnifier l'Église de France en face de ses ennemis.

Trois faits principaux remplissent cette dernière phase de sa vie.

Léon XIII demande le ralliement : le Cardinal donne son adhésion.

Les sectes persécutent les Congrégations : le Cardinal proteste.

L'État veut imposer à l'Église une Constitution schismatique : le Cardinal résiste.

C'est l'heure, en effet, où les sectes se dressent devant l'Église pour luï porter les derniers coups. Afin de justifier aux yeux de l'opinion les mesures qu'on veut prendre, on accuse ceux qui en seront les victimes de les avoir rendues nécessaires : on représente l'Église, le clergé, les catholiques comme ennemis de la République, comme inféodés aux anciens partis, comme systématiquement hostiles aux institutions que le pays s'est librement données. Quoi de plus immérités que ces reproches ? Non, l'Église n'est l'ennemie d'aucune forme de régime politique ; non, le clergé n'est point inféodé aux anciens partis ; non, les Catholiques ne sont point systématiquement ennemis des institutions que le pays s'est données. Les vrais ennemis de la République, ne sont-ce point plutôt les sectaires qui semblent avoir pris à tâche de la rendre odieuse en l'identifiant avec l'impiété et la persécution ? Pour nous, ni factieux, ni serviles, nous n'avons jamais refusé à César ce qui est à César ; que César laisse à Dieu ce qui est à Dieu, et sous quelque forme politique qu'il nous gouverne, il n'aura point de citoyens plus dociles et plus dévoués que nous.

Il était bon que cela fût dit avec autorité, et c'est
ce que fit Léon XIII en invitant les catholiques,
par un acte formel, à se rallier ouvertement et
sans arrière-pensée à la constitution républicaine.

Le Cardinal Richard accepte loyalement les directions pontificales ; et il le fait d'autant plus
sincèrement qu'il les a devancées lui-même.
« La cité de Dieu, écrivait-il dans une lettre pastorale sur le centenaire de 89, ne repousse pas
plus les formes démocratiques des sociétés modernes que les formes monarchiques ou aristo-
cratiques des autres siècles ou des autres con-
trées. Elle admet l'usage légitime des libertés
civiles. » Et, en 1891, à des catholiques qui le
consultaient, il déclarait « qu'il ne fallait pas
rapetisser la question en la réduisant à des querelles de forme. La question, disait-il, est plus
haute : il s'agit de savoir si la France restera
chrétienne ou cessera de l'être. Apportons un
loyal concours aux affaires publiques, mais de-
mandons que les sectes antichrétiennes n'aient
pas la prétention de faire d'un ensemble de lois
antireligieuses la constitution essentielle de la
République. »

Eût-il fallu pour se conformer aux volontés du
Chef de l'Église renoncer à ses propres vues, il
n'eût pas hésité à le faire. Croyant entrer dans les
intentions de Léon XIII, il avait organisé, d'ac-
cord avec les notabilités catholiques les plus dé-
vouées à l'Église, une sorte de Comité d'action

qui prit le nom d'*Union de la France chrétienne*. Il apprend que cette institution ne répond pas pleinement aux idées du Pape ; il en fait le sacrifice, et nous donne par là un exemple admirable d'humilité et d'esprit de discipline.

Mais ni l'invitation au ralliement, ni les concessions que le Chef de l'Église pousse jusqu'à l'extrême, au risque de s'aliéner les sympathies de plusieurs qui n'en comprennent pas les raisons, ne réussissent à désarmer les sectes qui ont juré de déchristianiser la France. Les lois d'hostilité contre la Religion se précipitent sans répit : les Fabriques paroissiales sont assujetties à une réglementation tracassière, l'aumônerie militaire supprimée, la prière publique interdite dans les salles d'hôpitaux, le Crucifix banni de l'école et du prétoire, les signes de deuil du Vendredi-Saint abolis sur nos vaisseaux.

De cette guerre sans merci contre l'Église, la destruction des Congrégations et des écoles tenues par elles, est un des épisodes les plus émouvants. La France possédait d'admirables institutions que le monde lui enviait, ses Congrégations religieuses. Les unes, vouées à la vie contemplative, accomplissaient le devoir social de la prière et de la réparation, et donnaient l'exemple salutaire de toutes les vertus ; les autres se consacraient au soin des malades dans les hôpitaux ou à l'éducation de l'enfance et de la jeunesse, spécialement dans les écoles populaires; d'autres, enfin, s'employaient au ministère de la prédication, ou aux Missions à l'étranger, où elles faisaient aimer le nom de la France.

C'est contre elles que, pendant plus de vingt ans, s'acharnent les coups de la persécution. On les exclut de l'enseignement public, on les frappe d'impôts d'exception. Quelques-unes, se contentant du droit commun, n'avaient point sollicité la personnalité civile; d'autres n'avaient été approuvées que par simple décret du Chef de l'État : on les invite à déposer une demande en autorisation, accompagnée de l'inventaire de leurs biens et de l'état de leur personnel, en promettant de l'examiner avec bienveillance. Confiantes dans une parole officiellement donnée, elles se rendent à cette invitation. Or, pas une autorisation n'est accordée, mais on a ce qu'on voulait avoir : l'état du personnel, qu'on pourra disperser, et l'inventaire des biens, dont on pourra s'emparer, sans que rien n'échappe. Et nous avons vu nos religieux et nos religieuses, dispersés ou errants sur les chemins de l'exil, et nous voyons maintenant leurs dépouilles mises en vente de tous côtés dans des conditions scandaleuses.

Usant du droit que leur accordait la loi, les catholiques avaient, au prix de lourds sacrifices, fondé de nombreuses écoles libres, où les familles chrétiennes pouvaient procurer à leurs enfants une éducation conforme à leurs croyances religieuses.

D'un trait de plume, ces écoles sont fermées.

Votre saint Cardinal, mes Frères, ne restera pas muet devant ces criantes iniquités, qui lui font saigner le cœur. Toujours digne, toujours ferme, sans se départir jamais de la mansuétude du Maître qui envoya ses disciples comme des agneaux au milieu des loups, il proteste contre la loi qui, au mépris de la justice et de l'égalité civile, frappe les Instituts religieux d'impôts d'exception, et contre la déloyauté dont on use envers eux ; il proteste contre les Décrets, qui, foulant aux pieds les droits des pères de famille et la liberté de conscience, ferment nos écoles libres. Il proteste avec le Cardinal Langénieux « au nom du peuple chrétien lésé dans ses droits, contre l'oppression, au profit d'une doctrine sectaire, de toutes les libertés, hormis celle du mal ».

Ce n'est pas qu'il se fasse illusion sur le succès de ses démarches, mais il aura rempli son devoir et « montré une fois de plus que la puissance spirituelle reste fidèle à sa mission, alors même que toutes les autres résistances seraient découragées ou vaincues. »

Et quand ces chères Congrégations prendront le chemin de l'exil, il ne les laissera pas franchir la frontière sans leur adresser, dans des lettres pleines de paternelle tendresse, une parole de gratitude et de réconfort. Touchant souvenir ! sa dernière visite fut pour aller bénir les Augustines chassées de l'Hôtel-Dieu. Comme on voulait le retenir, en alléguant ses infirmités : « Laissez-moi faire, dit-il, c'est peut-être mon dernier acte d'Archevêque ; je tiens à l'accomplir comme une protestation contre la violence injuste, et comme une consolation pour celles qui souffrent persécution. »

L'État ne tient plus à l'Église que par un lien, que par un fil : le Concordat ; il va être tranché. Le Cardinal a vu l'Église prospère, honorée, puissante ; il va la voir humiliée, répudiée, dépouillée..

A la fin du XVIIIe siècle, les sectes philosophiques, sous prétexte de liberté de conscience, avaient formé le projet de séculariser l'État et la société et d'établir, en dehors de Dieu et de toute religion, l'ordre des choses publiques. C'est en exécution de ce dessein, qu'étant enfin parvenues à mettre la main sur tous les ressorts du pouvoir, elles ont successivement chassé Dieu de la Constitution, de la loi, de l'armée, du prétoire, de l'école, de l'hôpital, de la rue, de partout ; et les laïcisations graduelles dont nous avons été les témoins n'étaient que des séparations partielles de l'État d'avec l'Église, qui préparaient la séparation totale et définitive, que prononça la loi du 9 décembre 1905.

Mais encore, cette séparation, même en la supposant inévitable, pouvait n'être pas hostile ; la concorde peut subsister sans concordat ; ainsi en est-il aux États-Unis, ainsi en est-il en Belgique.

L'État, comme un associé qui se sépare de son consort, devait, avant de se séparer de l'Église, régler avec elle les conditions de cette séparation.

Il n'en fut point ainsi. Après avoir de sa seule autorité déchiré le pacte concordataire, l'État prétendit imposer à l'Église une organisation élaborée par lui seul, et qui ne reconnaissait ni pape, ni évêques, ni curés, ni Église, ni diocèses, ni paroisses. L'administration du culte, pour tout ce qui n'est pas essentiellement spirituel, était attribuée à une autorité laïque souveraine, à l'association des fidèles, en laquelle le prêtre ne serait qu'une unité comme les autres, un employé au service de l'Association : c'était une vraie constitution laïque de l'Église de France.

Et l'Église fut placée dans l'alternative d'accepter cette constitution, ou de rester sans existence légale et de perdre tous ses biens. Les adversaires espéraient bien que la crainte d'un dépouillement si absolu aurait raison de ses résistances. Mais elle avait à sa tête un homme de Dieu, un homme doux et pacifique, mais chez qui la douceur n'est que la parure de la force; un homme dont la diplomatie ne connaît d'autre voie que celle de la vérité, de la justice et de la bonne foi; un homme plus politique peut-être que tous les politiques, parce que sa politique est de faire toujours son devoir de Pape, et de s'en remettre à Dieu des conséquences. Plaçant la divine Constitution de l'Église et son indépendance au-dessus de tous les biens, Pie X déclara qu'il ne lui était pas possible de ratifier l'organisation proposée.

Illustre et sainte Église de France, une fois encore tu donneras au monde l'admirable spectacle de ton indéfectible fidélité. Évêques, prêtres, fidèles adhèrent à cette noble déclaration, avec une unanimité, avec un désintéressement qui jettent un moment nos ennemis dans la stupeur, et soulèvent les applaudissements du monde catholique tout entier.

Mais l'Église de France reste dépouillée, sans existence légale, sans titre, sans droits, étrangère à peine tolérée dans ses propres temples. Et ses quatre-vingts évêques sont jetés à la porte de leurs demeures séculaires; et ses prêtres sont privés de la jouissance de leurs modestes presbytères.

En vain a-t-on essayé de rejeter sur le Saint-Siège par un « mensonge historique » la responsabilité de cette iniquité et de mettre en opposition la politique du pontificat actuel avec celle du pontificat précédent. L'histoire dira que la responsabilité du dépouillement de l'Église retombe toute entière sur celui qui, de sa seule autorité, a déchiré le pacte concordataire et fait la loi de séparation, sans même essayer d'une entente avec le Vatican. Quant à la politique du Saint-Siège, elle n'a point varié; elle a passé seulement par deux phases différentes, dont la seconde devait nécessairement suivre la première, si les concessions de celle-ci n'obtenaient pas les résultats qu'on avait droit d'en attendre. Après avoir, en la personne de Léon XIII, fait à l'esprit de conciliation toutes les concessions possibles, le Saint-Siège mis, en la personne de Pie X, en présence d'une organisation de l'Église de France qu'il ne pouvait accepter sans trahir le plus sacré et le plus évident de ses devoirs, fut réduit à prononcer le *Non possumus*. Ce que le pape vivant ne pouvait accorder, le pape défunt ne l'aurait pas accordé davantage.

Le Cardinal de Paris, mes Frères, suivit les directions de Pie X, comme il avait suivi celles de Léon XIII ; et son obéissance ne fut point une adhésion purement passive, mais, comme celle de tous les Évêques de France, une adhésion libre, empressée, reconnaissante. Ni le despotisme qui menaçait, ni les arguties légales qui disputaient à l'Église de France le pain quotidien et l'air nécessaire, ni la perspective de la violence qui allait le jeter hors de sa demeure ne purent le faire hésiter. « Cette organisation, disait-il, est une constitution laïque de l'Église ; elle ne peut point passer, elle ne passera pas. »

Et vous avez vu, le 17 décembre 1906, l'auguste vieillard, tout courbé sous le poids des ans et des infirmités, descendre d'un pas résolu les degrés de son palais ; et vous l'avez entendu protester d'une voix cassée, mais toujours énergique « contre la violence faite en sa personne aux droits et à la liberté de l'Église » ; et après l'avoir conduit triomphalement, au chant du *Credo* et du *Parce Domine*, à sa maison de refuge, vous vous êtes inclinés sous la main tremblante de cette touchante personnification de la sainteté persécutée qui vous bénissait « au nom du Christ ».

Son âme, mes Frères, fut douloureusement atteinte, mais sa confiance ne fut point ébranlée. Sa foi lui avait appris que c'est le sort de l'Église de marcher à la victoire par la défaite, et à la vie par la mort. Comme l'abeille, dont une main brutale a ravagé la ruche, il se remit aussitôt à l'œuvre de la restauration. Et nous l'avons vu, Messeigneurs, travaillant à notre tête à relever les ruines amoncelées autour de nous, recherchant avec patience les moyens d'assurer la continuation de notre sacré ministère, présidant nos assemblées, soûtenant notre espérance par l'exemple de son inébranlable confiance en Dieu. C'est lui qui eut l'idée de nous conduire à l'Église du Vœu national, pour protester au nom de nos diocèses de la fidélité de nos peuples au Christ qui aime la France ; c'est lui qui nous assembla à Notre-Dame, pour placer sous la protection de la patronne de la France, après la rupture du Concordat officiel, le Concordat populaire qui ne cessera jamais d'unir la France à l'Église.

Tel fut, mes Frères, le saint prélat que pleure l'Église de notre pays : par sa piété et l'onction de sa parole, il rappelle saint François de Sales ; par sa bonté et sa sagesse pratique, saint Alphonse de Liguori ; par l'austérité de sa vie, par son zèle pour la discipline, par son amour pour l'Église, saint Charles Borromée.

Et maintenant il n'est plus parmi nous : le Seigneur l'a retiré du laborieux combat de cette vie. Il a rendu son âme à Dieu au moment où il avait coutume d'offrir le saint sacrifice ; et il a vu venir l'heure de paraître devant son Juge, avec la même sérénité qu'il voyait arriver chaque jour l'heure de monter à l'autel.

Avec toute la ferveur que nous met au cœur notre filiale affection, faisons monter vers le Ciel nos supplications pour Celui qui fut le Père de nos âmes. S'il n'a plus besoin de nos suffrages, il les agréera comme l'hommage de notre gratitude, et il y répondra en intercédant auprès de Dieu pour ses frères dans l'épiscopat qu'il laisse au milieu de la lutte, privés de ses encouragements, pour les âmes dont il désirait si ardemment le salut, pour l'Église de France qu'il aimait d'un amour si profond.

L'Église de France ! Messeigneurs, ses historiens ont décrit avec complaisance l'œuvre de restauration qu'accomplirent les Évêques des Gaules à l'époque mérovingienne. La société antique s'écroulait ; une société nouvelle allait lui succéder. Au milieu des ruines amoncelées par la lutte gigantesque entre le monde ancien qui succombait et le monde nouveau qui venait prendre sa place, les évêques surent réorganiser la société chrétienne, et aussi pour une grande part, à la demande des peuples eux-mêmes, la société civile.

A certains égards, Messeigneurs, notre situation ne ressemble-t-elle pas à la leur? Une forme de la vie de l'Église de France vient de prendre fin; l'alliance inaugurée à Reims entre les deux puissances, et renouvelée au commencement du dix-neuvième siècle par le Concordat, est rompue. Il s'agit de pourvoir à l'existence de la société chrétienne dans des conditions différentes; c'est un nouvel ordre de choses qui commence.

Le peuple de France, toutes les nations catholiques, car elles sentent que notre cause est la leur, se retournent vers nous, nous regardent, et attendent ce que nous allons faire.

Nous n'avons aucune prétention à régenter la société civile, encore que nous soyons toujours disposés à lui prêter le concours de notre dévouement. Nous avons à assurer aux chrétiens de France le maintien de leur culte et des institutions nécessaires à leur vie religieuse.

Nous n'avons plus l'État avec nous : les Apôtres ne l'avaient pas davantage. Nous montrerons que la force de l'Épiscopat et de l'Église ne réside pas dans le prestige d'un caractère officiel, mais dans la vertu qui leur vient d'En haut.

Dans ce grand œuvre, inspirons-nous des exemples de notre saint Cardinal, et travaillons avec confiance. Oui, avec confiance !

Avec confiance dans notre peuple, dans ce peuple qui nous acclama avec tant de sympathie, il vous en souvient, au sortir de Notre-Dame, et qui a entouré de tant de respect la dépouille mortelle de son Pasteur ; dans ce peuple qui s'est révélé à l'occasion de la loi de séparation, si réfractaire au schisme et si attaché à la foi de ses pères ; dans ce peuple qui se montre si généreux en prenant sur lui, pour le soutien de son culte, la dette sacrée reniée par l'État.

Avec confiance dans notre clergé, dont le courage à supporter une épreuve qui pèse si durement sur lui, fait l'admiration du monde.

Avec confiance en Notre-Dame qui tant de fois, au cours du siècle dernier, a visité la terre de France, dans le but évident de soutenir notre courage durant l'épreuve qu'elle voyait se préparer pour nous.

Avec confiance enfin dans l'amour du Dieu qui n'aurait pas choisi la France pour révéler son Cœur sacré, s'il avait été dans ses desseins de l'abandonner.

Notre cause, d'ailleurs, est celle de la vérité, de la justice, de la liberté ; c'est la cause de l'Église, c'est la cause de Dieu : elle ne saurait périr. Attendons seulement l'heure de la Providence ; et, comme le Cardinal, ayons confiance que le Christ réserve dans un avenir certain à la Fille aînée de son Église, une ère de paix et liberté. Comme lui, vivons dans cette attente et dans cet espoir. Si du ciel où il contemple nos efforts, il lui était permis de nous faire entendre sa voix, ce serait pour nous redire, ce qu'il ne cessait de nous répéter sur la terre : Aimez l'Église; aimez la France; ayez confiance en Dieu!

Paris. — Imprimerie Levé, 17, rue Cassette.